儿童古典音乐绘本 第2辑

伏尔塔瓦河

〔奥〕马科·希姆萨◎著 〔奥〕多丽丝·埃辛伯格◎绘 潘斯斯◎译

北京科学技术出版社

Marko Simsa/ Doris Eisenburger, Die Moldau

Chinese language edition arranged through HERCULES Business & Culture GmbH, Germany

著作权合同登记号　图字：01-2013-6840

图书在版编目（CIP）数据

伏尔塔瓦河/(奥) 希姆萨著；(奥) 埃辛伯格绘；
潘斯斯译. —北京：北京科学技术出版社，2014.1
（儿童古典音乐绘本第2辑）
ISBN 978-7-5304-6838-8
Ⅰ.①伏… Ⅱ.①希… ②埃… ③潘… Ⅲ.①儿童文学－图画故事－德国－现代 Ⅳ.①I516.85
中国版本图书馆CIP数据核字(2013)第233341号

伏尔塔瓦河（儿童古典音乐绘本第2辑）

作　　者：〔奥〕马科・希姆萨		**绘　　者：**〔奥〕多丽丝・埃辛伯格	
策划编辑：郭嘉惠		**译　　者：**潘斯斯	
责任编辑：郑京华		**责任印制：**张　良	
出 版 人：曾庆宇		**出版发行：**北京科学技术出版社	
社　　址：北京西直门南大街16号		**邮政编码：**100035	
电话传真：0086-10-66135495（总编室） 0086-10-66161952（发行部传真）		0086-10-66113227（发行部）	
电子信箱：bjkjpress@163.com		**网　　址：**www.bkydw.cn	
经　　销：新华书店		**印　　刷：**北京宝隆世纪印刷有限公司	
开　　本：889mm×1194mm 1/16		**印　　张：**2	
版　　次：2014年1月第1版		**印　　次：**2014年1月第1次印刷	

ISBN 978-7-5304-6838-8/I·285

定价：18.00元

编辑推荐

音乐造就完美人生

——古典音乐陪伴儿童成长

爱因斯坦曾经说过：“没有早期的音乐教育，干什么我都会一无所成。”

音乐，对儿童的思维活动具有强大的推动作用。在音乐中成长的孩子，能敏锐地感受和理解音乐优美、崇高的情感特征，提高形象思维能力，这对他们的学习、生活和今后的事业无疑有着极其重要的意义。良好的音乐素养是孩子们可以享用一生的财富。

音乐潜能需要科学的开发和培养，要让孩子们置身于良好的艺术氛围中，在潜移默化中受到熏陶。只有让孩子们从心底热爱音乐，才能最大限度地激发他们的音乐潜能。因此，我们诚挚地推荐这套来自德国的美丽绘本。

也许，有些读者会问：绘本和音乐有什么关系呢？

这可不是一套简单的绘本。它不仅有用最诗意的语言和最美丽的图画讲述的故事，而且有与故事内容完美结合的美妙音乐，而随书附赠的光盘上刻录的正是这些殿堂级的古典音乐作品。孩子们可以一边阅读有趣的故事，一边聆听大师的杰作。书中的对应之处标记了光盘中的乐曲的序号，这使欣赏音乐与阅读故事相得益彰：孩子们能通过听到的乐曲更好地理解故事，同时又能通过读到的故事更深地体会乐曲。孩子们每读完一个故事，就像上了一堂古典音乐课。原本需要极高的艺术修养才能欣赏的古典音乐，一下子变得栩栩如生，让孩子们再也没有距离感。

理解不了古典音乐的人数不胜数，却没有不爱听故事的孩子。在故事的指引下，古典音乐笼罩着甜美的梦幻色彩；沉浸在美妙的音乐中，孩子们的智力、心性和修养都将得到大大的提升。我们由衷地希望，每个孩子都能感受到音乐带来的感动和启迪，每个孩子都能享受到音乐传递的快乐和美丽！

《伏尔塔瓦河》是捷克作曲家弗雷德里希·斯美塔那的著名作品，是其创作的交响诗套曲《我的祖国》的一部分。

1875 年 4 月 4 日，《伏尔塔瓦河》首次公演，自此闻名全世界。在捷克，这首乐曲总是会出现在国家级庆典上，是最重要的音乐曲目之一。今天，许多孩子在学校的音乐课上就已经认识了它。伏尔塔瓦河从源头出发，流经布拉格，最后汇入易北河。现在，让我们跟随我们的指挥亚罗米尔先生——更确切地说是我们这次音乐之旅的导游亚罗米尔先生——聆听斯美塔那谱写的美妙乐曲吧！河岸边的仙女和骑士，婚礼音乐和狩猎声，浮躁的急流，温柔而安静的夜晚……让我们为这一切而惊叹吧！

祝大家愉快！

有朋自远方来，不亦乐乎！亲爱的读者，欢迎你！或者我应该说，亲爱的听众，欢迎你！来听这场演唱会你肯定不虚此行，因为演出的曲目是《伏尔塔瓦河》。

曲目 1

哦，我得先自我介绍一下：我是亚罗米尔·珀施比什，这场演奏会的指挥。伏尔塔瓦河是一条流经我的祖国捷克的长河。

在演出正式开始之前还有足够的时间，我能邀请你沿伏尔塔瓦河做一次旅行吗？我们的旅程始于伏尔塔瓦河的发源地波西米亚森林，终于捷克的首都布拉格。我会给你讲解我们的演奏中藏着些什么，但同时你还得充分发挥自己的想象力，因为现在伏尔塔瓦河沿岸的景象与斯美塔那先生生活的时代已经不一样了。

准备好了吗？哦，我还得背上我的背包。出发吧！

曲目 2

这里是美丽的波西米亚森林！来吧，赶紧让自己放松下来，就像我一样！远离首都布拉格，我们来聆听伏尔塔瓦河源头的声音。这里水花四溅，波光粼粼！你能从演奏中听出有两个源头。第一个是温泉，温暖的泉水从地下向上冒泡的声音可以从长笛的演奏中分辨出来！

第二个是冷泉，我们听到的是单簧管的演奏。清冷的泉水从高处流向低处，音符也和它一样，是自上而下、从高至低的。

从我的位置看，第二个源头是一个风景如画的地方。我多么喜欢这里啊！真想一直徜徉于其中。但是，前面还有很长的路要走，两个源头会在不远处汇合，所以我们还是继续前进吧。

没走多远，我们就看到两个源头汇合成了一条小溪。或者，我们可以称之为小河？附近一片宁静，如田园诗一般美丽。

现在演奏的乐器，除了之前的长笛和单簧管外，还有弦乐器，包括中提琴、小提琴、大提琴以及低音提琴。

三角铁的声音轻轻的，但是能够听见。第一声，第二声，第三声……加上双簧管、大管和圆号的声音，我们第一次听到了《伏尔塔瓦河》最著名的主旋律。

在倾听旋律的同时，你可以尽情想象伏尔塔瓦河穿过草地和森林，在广阔的大地上流淌。

《伏尔塔瓦河》的这段主旋律会反反复复响起，与我们的旅程相伴。当然，我们也会常常离开这段主旋律，比如当狩猎开始时。

可爱的动物们，快点儿躲到安全的地方去！对岸的猎人正要过来，我们不仅能够看见他们，而且能够听见他们的声音。这时，小号、圆号和定音鼓的声音直冲云霄。在演奏会上，只要有狩猎的场景，乐队里的乐器就几乎全都上阵演奏。

等猎人过去以后，我们就出发去下一个村庄。我听说那里即将举行一个婚礼派对，到时候肯定会有美妙的音乐和舞蹈。

曲目 3

哦！真的，正如我所料，在婚礼派对上有美妙的音乐和舞蹈。参加婚礼的客人个个喜气洋洋。有人在跳波尔卡舞，在村庄乐队演奏的波尔卡舞曲中，他们欢快地旋转和跳跃。在演奏厅里，我们听到的是由单簧管、大管和弦乐器共同演奏的跳舞的声音。当庆祝活动进入高潮的时候，整个乐队会一起演奏。

在婚礼上跳波尔卡舞？这真是个好主意！我们安静地听着音乐，尽情享受这快乐的时光。我坐在一张桌子旁边，多希望能吃点儿什么东西啊！长时间的徒步旅行已经让我饥肠辘辘，而且天马上就要黑了……如果肚子在乐队演奏温柔的月光洒满大地的情景时饿得咕咕叫，那可就大煞风景了……

夜幕降临了。欢快的舞曲离我们越来越远了，那个快乐的村庄被我们留在了身后。大地一片宁静。随着双簧管、单簧管和大管的演奏，月亮冉冉升上了夜空。你还能听见长笛的声音，就像伏尔塔瓦河的水在轻轻地拍打着河岸。

我呢？我得去好好休息了。

晚安，亲爱的！

pp
ppp

在这里睡觉真是妙不可言！对我来说，月光下的森林散发的气息实在是太迷人了。

嘘！你如果凝神屏息，还能听到水中仙女和美人鱼的声音。

曲目 4

竖琴奏出了仙女施魔法的声音，长笛和单簧管奏出了仙女跳舞的声音。而弦乐器——主要是小提琴——用它们高亢的声音为仙女们呈现了一个童话般闪闪发光的水面，让她们在上面尽情舞蹈。

这夜间的景象，美丽而神秘！

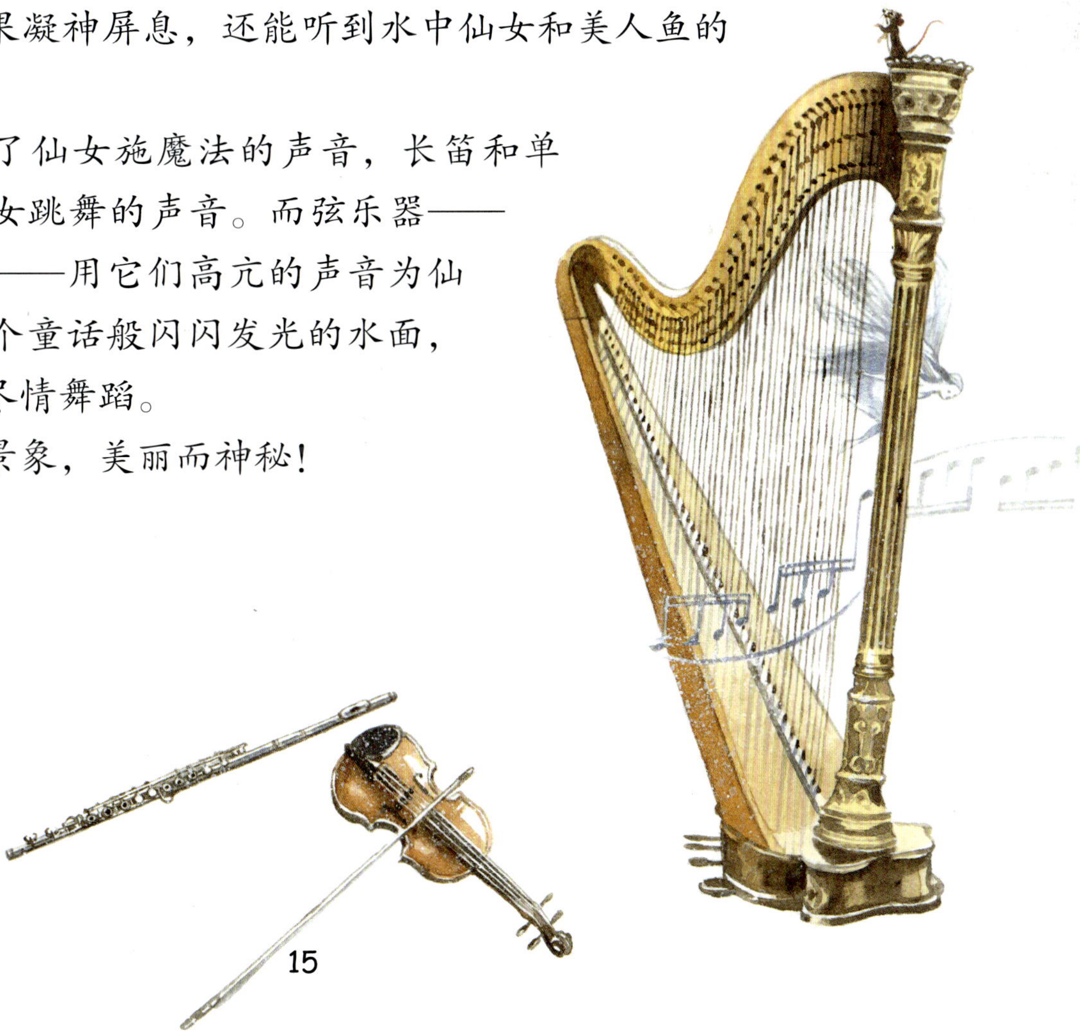

还是别睡觉啦！圆号和长号把我们带到了伏尔塔瓦河过去的时光。瞧，那边，骑士正在穿越夜间的森林。银色的月光下，一块突出的岩石上矗立着一座古老的城堡。哇，现在听上去有点儿毛骨悚然的感觉呢。这阵神秘的声响过后，太阳升起，温暖的阳光普照大地。我觉得我特别高兴！

曲目 5

黑夜到了尽头，伏尔塔瓦河与那段著名的主旋律又一起前行了一段，我们根本没有时间休息。我建议你打起精神，因为接下来的行程嘈杂不堪且危险万分！我们靠近了狂野的圣约翰激流，河水雷鸣般地咆哮着冲入山谷，形成了可怕的漩涡。

听，现在乐队的演奏没有一刻的停顿！嘹亮的声音主要来自有力的黄铜乐器，还有定音鼓和大鼓。短笛尖叫着，就像冲出水浪时发出的呼喊声。小提琴发出的声音听上去就像用生命在演奏。伏尔塔瓦河的河水汹涌澎湃，形成一个个漩涡，大家可能会认为演奏这种情景时乐手们随意弹奏就可以了，但实际上在演奏会上要想让所有的乐器如此完美地合奏出急流声可没那么简单，每一个音符都是乐谱规定好的。

哎呀，我遇到了一个漩涡。不过无所谓，这段路我可以步行，不去坐船。

激流被抛在了身后，我们慢慢来到了一个水面宽阔的河段。首都布拉格不再遥远，这是坐船的最好时机，你觉得呢？

从船上我们可以清楚地看到维谢赫拉德城堡的废墟，以前这里是王侯的属地，地势高于伏尔塔瓦河。此时乐队的演奏有着强大的震撼力，大家是在以这种方式向维谢赫拉德城堡致敬。

欢迎来到布拉格！布拉格也被称为“金色之城”，现在出现在我们面前的是有许多雕像的查理大桥。在这如诗如画的夜色之中回到我的故乡，我就像过节一样开心。当伏尔塔瓦河流过布拉格的时候，你能听到最后一段气势宏大的旋律。在这之后，音乐变得缓和而安静，伏尔塔瓦河朝着与易北河汇合的方向缓缓流淌。最终，乐队以两个有力的和弦结束了整场演出。

说到乐队，我得赶紧做最后的准备工作了。亲爱的旅伴，我亲爱的旅伴，真开心这一路有你相伴！我们这场《伏尔塔瓦河》演奏会就要开始了，一会儿见，一会儿在演奏厅见！

演奏会即将开始，你的体力恢复了吗？观众们已经坐好了，还来了很多孩子呢。

在后台我看到了乐队的许多同事，他们正在试奏，以保证正式演奏时一切顺利。

我得赶紧穿上演出服，也就是我的燕尾服——那种后面有所谓燕子尾巴的礼服。

对了，我还要对大厅里的年轻观众再啰唆几句，待会儿我站到指挥台上以后就不能跟大家说话了，因为那时我们都得把精力集中在音乐上。听演奏的时候，大家对很多东西肯定会有新的认识：源头，狩猎，婚礼派对，夜晚的气氛，急流，当然还有我们的伏尔塔瓦河——我们的主题。

现在我得进入演奏厅登台了，演奏会就要开始了！

希望大家在聆听的时候觉得是一种愉悦的享受！

《伏尔塔瓦河》

曲目 7

演奏会

是的，一切堪称完美！

观众们都很享受这场演奏会，从他们的掌声就能听出来。

希望斯美塔那的音乐也给你带来了欢乐！现在你肯定已经是一位《伏尔塔瓦河》专家了，你对这场演奏会肯定已经了如指掌了。在此，我对你的阅读和聆听表示感谢！

现在我得再次上台，因为观众们长久地、热烈地鼓着掌，我必须回到台上向大家鞠躬致敬。也许，为了表示感谢，我们还会再一次演奏那段欢快的婚礼舞曲……

光盘目录

长笛：安格列特·鲍尔乐
单簧管：格奥尔格·林德
竖琴：海德·穆勒
音乐：出自弗雷德里希·斯美塔那的《伏尔塔瓦河》
演奏：斯洛伐克爱乐乐团
指挥：巴里·华兹华斯
对 NAXOS 德国致以由衷的谢意

儿童古典音乐绘本

古典音乐＋阅读，让孩子从小就会听古典音乐

第一辑

第二辑

每本书中都配有
大师经典版原声音乐光盘

古典音乐陪伴儿童成长